जगन्नाथ का घोड़ा

[कविता-संग्रह]

जगन्नाथ का घोड़ा

रवीन्द्र भारती

राधाकृष्ण प्रकाशन

ISBN : 978-93-91950-73-6

जगन्नाथ का घोड़ा

पहला संस्करण : 2022

मूल्य : ₹395

प्रकाशक

राधाकृष्ण प्रकाशन प्राइवेट लिमिटेड
जी-17, जगतपुरी, दिल्ली-110 051
शाखाएँ : अशोक राजपथ, साइंस कॉलेज के सामने, पटना-800 006
पहली मंजिल, दरबारी बिल्डिंग, महात्मा गांधी मार्ग, प्रयागराज-211 001
36 ए, शेक्सपियर सरणी, कोलकाता-700 017
वेबसाइट : www.radhakrishnaprakashan.com
ई-मेल : info@radhakrishnaprakashan.com

मुद्रक

बी.के. ऑफसेट
नवीन शाहदरा, दिल्ली-110 032

JAGANNATH KA GHODA
Poems by Ravindra Bharti

भाई ओम थानवी के लिए

क्रम

रंग

पानी में उसका रंग गिर गया
कुछ नहीं था उसके पास
अपने रंग के सिवाय
कुछ करना चाहिए, यह सोचकर दर्शकों की भीड़ से उठा
और पानी से रंग को उठाने का करने लगा यत्न

मैं कोई चित्र नहीं बना रहा
बचा रहा हूँ, यक़ीन मानिए बच जाएगी दुनिया
यदि बच गया आदमी का रंग।

ध्वजा

उम्मीद चूमती है नभों के नभ का मस्तक
दमक उठते हैं अँधेरों के पार मुखमंडल
दिगन्तों के दृगों में उमड़ता है प्रेम
काम काजी कन्धे लचकाते बहँगी—
जब गुज़रते हैं बाँटते बैना।

नक्षत्रों की दूरियाँ तय कर
हर्षित हैं वे बीते दिवसों के साथ—
घर के भीतर धरते पैर
पाँव पखारता है घर का वर्तमान दिवस
और उसका दिवस और उसका दिवस
उत्कंठा जगती है अनेक के मन में
हाथों में तिरस्कृतों का कुछ अनमोल पाकर

राज्य नहीं, देश नहीं, माथे पर मुकुट नहीं
ध्वजा फिर भी जो स्वर्गिक हवा में फहर रही—
उन्हीं की है।

हाथ के पत्थर

(बेहद प्यारे इनसान, नेपाली कवि पवन चामलिङ को)

छोटी-छोटी हवाएँ
रास्ते की धूल का हाथ पकड़
गोल-गोल घूमने लगीं वेग के साथ
तभी आगे-पीछे के दृश्यों के बीच ज़ोर से आवाज़ हुई
बुद्ध स्तूप का एक टुकड़ा—
दूर स्टेशन पर जा गिरा औंधे मुँह।
एक यात्री ने उसे उठाया
देखने लगा सिर कटे मात्राओं के अक्षरों को ध्यानपूर्वक
कुछ दिनों तक पत्थर के उस टुकड़े को देखता रहा
यदा-कदा ज़ेब से निकाल
और एक दिन न जाने किस बात पर—
उसकी आँखें भर आईं।
वह उठा, जाकर उसे वहाँ धीरे से रख दिया
जहाँ तेरहवीं शताब्दी में—
भूटिया, लेप्चा, नेपाली जनों ने अपने हाथ के पत्थर रख—
आपस में मिले थे गले।

कभी सिक्किम जाओ
उन पत्थरों के पास जाना
वहाँ ढेर सारे पौधे मिलेंगे—
जिनके फूल आते-जाते लोगों को देखकर खिलते हैं
जाओ कभी,
पत्थर सब समय नहीं रहते पत्थर।

गृहस्थ की गृहस्थी

नई कटोरी का स्वागत इस नए घर में
अभिनन्दन
इसका मुँह मीठा कराओ
परोसो खीर, बखीर, जेवनार
अभी-अभी आई है—
टूटे-फूटे काँसे के टुकड़ों से लेकर नया रूप

यह हमारी पात्र है
इसके पात्र हैं हम
पात्र परिचय होगा, धीरे-धीरे बढ़ेगा हेल-मेल
हम ही नहीं,
रहेगी यह भी आए, गए के आगे
लेकर उसे, घर में जुरेगा, अँटेगा जो भी।

घर के चौके में लाओ उसे
गृहस्थ की यही है गृहस्थी
इस गृहस्थी को धन्य करो
जैसे धन्य हो रहे हैं हम पाकर उसे।

अनलिखा

मिलने चला आता हूँ बार-बार
तुम्हारी वास समाई है भीतर कहीं गहरे में
पसीना जब भी बहता है—
वह आ जाती है बाहर

चलते-चलते कुछ-न-कुछ रह जाता है
हर बार तुम्हारे पास
याद करने की कोशिश करता हूँ जितनी बार
उतनी बार भूल जाता है—
मन-आँखों में जुगाया सारा
और उसके बदले में चला आता है
मेरे पास तुम्हारा बहुत कुछ
जिसका मुझे बाद में चलता है पता
वे भोर के सपने हैं—
तुमने देखा है जिसे

हँसी आती है यह कहते हुए
हमारी अमीरी कहाँ-कहाँ खोजते हैं—
कैसे-कैसे लोग
घर को अकेला पाकर एक दिन
वे उसके कपड़े, बर्तन, चारपाइयाँ उठा ले गए
महीनों घर अधनंगा, पत्तल पर खाता—
ज़मीन पर सोता रहा
और तो और कई बार आँधियों ने मुझे रास्ते में घेरा

मेरी नंगाझोरी ली
अन्त में शरीर को झकझोर कर फेंक दिया दूर
न उन्हें घर में गड़ा धन मिला, न उसे मेरी कमर में बँधी पोटली
जाने दो, उसके बारे में चर्चा ही क्या—
जिसके पैरों के पंजे पीछे हों और एड़ियाँ आगे

तुम्हारे सपने मेरे भीतर उसी तरह हैं ताजा
और वही है हमारा अमूल्य धन
तुम उन सपनों के बारे में—
कितना कुछ लिखती रहती हो मेरे पीछे
सामने सुनाने में आज भी सकुचाती हो उसी तरह
आज भी मैं तुम्हारे अनलिखे को पढ़ लेता हूँ—
तुम्हारी आँखों के सामने पहुँचकर।

आपा-धापी

सुबह-शाम लोकल ट्रेनों, बसों में
बरसों से अगल-बगल, आमने-सामने उठते-बैठते
एक-दूसरे को चीन्ह गए हैं
मगर परिचय झाल-मूढ़ी बराबर भर नहीं
फिर भी हाट-बाज़ार में मिलने पर मुस्कुराते हैं—
गाड़ियों के हिचकोले से निकल।

कोई नहीं जानता किसी के काम-धन्धे की बात
नहीं जानता अता-पता, बिरादरी, भाषा
सभी अलग धुन में रहते हैं—
चढ़ती-उतरती सवारियों के बीच
फिर भी उस आपा-धापी में
किसी की फूलती साँसों से उठती खाँसी—
चली जाती है किसी के साथ
निर्दोष आँखों की मौन कथा—
चली जाती है किसी की, किसी के साथ अकारण
अकारण ही होती है चिन्ता
जब कोई दिखता नहीं दो-चार दिन
मन दस काठों में लगता है दौड़ने
कहीं तबीयत तो नहीं ख़राब हो गई
कहीं चलते हुए रास्ते में गिर तो नहीं गए
कहीं और कुछ तो नहीं हो गया!
अकारण ही एक दिन खिल उठता है चेहरा
भीड़ में देखकर उन्हें।

कैसा है लगाव, कैसा है रिश्ता
कि जिससे कभी दो टूक बात न हुई हो
उसके साथ अदृश्य में जारी रहती है—
अकारण से कारण की यात्रा
और उस यात्रा में
प्रेम के पीछे खड़ी—
मुस्कुराती रहती है युक्ति बुद्धि।

उस उजाले में

किताबों के पास से उठ गया
सुनकर गड़रिये की आवाज़
किसी भेड़ ने जना था बच्चा झुंड के बीच
खेत में, रात के समय

नहीं थी कोई लालटेन
नहीं थी कोई बत्ती
उस प्रकाश के सिवाय, जिसे
भेड़ों ने रास्तों से थोड़ा-थोड़ा इकट्ठा कर रखा था—
अपनी आँखों में।
उसी उजाले में जाकर खड़ा हो गया

बादलों-सी हल्की, मुलायम, नन्ही सी जान
अपनापे के साथ गोद में आई
कुछ देर पहले जैसे—
अपनी माँ की गोद से आई थी गड़रिये की गोद में

बिना किए कोई ध्वनि
एक चुम्बन के साथ मैंने—
उसकी नाक को अपनी नाक से छुआ
और भोर की गोद में देते हुए उसे—
लौट आया किताबों के पास
जहाँ से गया था उठकर

घंटा भर भी नहीं बीता
फिर किसी ने आवाज़ दी
फिर किसी ने आवाज़ दी
फिर किसी ने आवाज़ दी
हर आवाज़ पर आ रहा हूँ, जा रहा हूँ
नई-नई किताबों के साथ
पुराने को करते नया

मैं भी तो वही नहीं हूँ
वही तो नहीं है—
पानी के ऊपर डोंगी
ढेकी के नीचे धान...

छोटी दूरी

बिलम जाओगे, धरे रहना हाथ
हज, हज करती भीड़ में
सँभलकर उतरना अँधेरे में डूबी—
स्टेशन की सीढ़ियाँ

मुँह के आगे हैं मुँह
पीठ के पीछे हैं पीठ—
जिन्हें आगे बढ़ा रहा है पीछे का रेला
देखो, रहना सचेत
किसी के माथे की सन्दूक भहरा न जाए
देह पर
देखो, बचा के चलना
किसी पाँव से दब न जाए पाँव

जिसे इतना चेताया,
मुड़-मुड़कर निहारा मुँह
हाथ के खिलौने को जेब में रखा
वह यह तो नहीं
द्रुत गति से घुमाते चाक
कुम्हार, बुदबुदाया—
वह नहीं, उँगली थामे कोई है अन्य

आश्चर्य,
इतनी छोटी दूरी की सड़क करते पार—
बच्चा-बूढ़ा हो गया!

उड़ना

परत दर परत ढूँढ़ता
न जाने क्या, क्या
कर देता है सब छिन्न-भिन्न

किस कृति की वृत्ति है वह
भटियाली सुनकर
कौन सनका देता है समुद्री लहरें
व्यथित कम नहीं हैं—
उसकी थपेड़ों से पेट-पीठ

इतना कुछ सहने के बाद भी
तुम्हारे सुर से कहाँ अलग हुई लय
अनेक घाट, पाट, नौका ने देखा है—
अनेक बार बिखरकर मुझे बनते हुए

तुम्हें क्या बोलूँ,
हमेशा कम पड़ जाते हैं, शब्द प्यार में
कृतज्ञता से भरी हैं आँखें
उस पंछी के लिए—
जिसने प्यार को उड़ना सिखाया

अकेला आदमी

हैं तो वही—
मगर उनके संवाद का ढंग बदल गया
भाषा के बाहर जाकर करते हैं बात
आभास तक नहीं होने देते कि
उन्हें पता है क्या उनसे छिपाया जा रहा है
अपनी मोहक मुस्कुराहट से हमेशा की तरह—
आँखों को कर देते हैं नम।

अकेले बैठे आदमी के पास
धड़धड़ाते मत चले जाना—
अपना समझकर
अकेला बैठा आदमी अकेला नहीं है।

कुलिया-चुकिया

घर के रास्ते में वह
किस्म, किस्म के पकवान पकाती
बिना आग पानी के और
माँ के पुकारने पर भाग जाती झुरियाझार
छोड़कर रसोईघर, अपनी कुलिया-चुकिया।

आते-जाते जब भी निगाह पड़ती
उसकी रसोईघर का ख़याल रखता
बस, इतनी-सी बात पर
वह अपने राँधे गए झूठ-मूठ के व्यंजन
देने चली आई पत्ते में परोसकर एक दिन
फिर आती रही दुसरिया, तिसरिया

कभी झूठ-मूठ की चिट्ठियाँ
सच्चो, सच्चो पढ़ने को कहती
मेरी घिग्घी बँध जाती—
ताकता रहता उसका मुँह

वह हँसती मुझे भाषा में देखकर असहाय
हँसते-हँसते बाँचने लगती
मैदान की ओर मुँह करके
मानो उसको सुना रही हो कुशल-क्षेम

बाँचते-बाँचते—
झाड़-झंखाड़ में चली जाती
झूठ-मूठ के रुपये, पैसे वहाँ रख
घास-पात से कहती—
नोन-तेल ले लेना
और मेरी भी जेब में रख देती दस-पाँच

उसी बीच उसके झूठ-मूठ के मेहमान
चले आए कंधे, पीठ पर लिये—
अपनी गठरियाँ
सच्चो, सच्चो जैसे—
नेवता-पिहानी में आते हैं हित-नात

गठरियाँ खुलतीं कि
अनसुने गीत सुनाई पड़ते
नदियों में नाव, नाव
मेड़ों के पाँव, पाँव
जब तक कि गठरियाँ बँध नहीं जातीं।

उन मेहमानों से ऐसी रागात्मकता हुई
पूरा घर घूमने लगा रास में उनके साथ
तय कर पाना मुश्किल हो गया—इनमें
कौन सच्चो, सच्चो का है,
है कौन है झूठ-मूठ

देखकर मेरा असमंजस
मुस्कराती है वह लड़की धूप की चौखट के पास
हाथों में लिये कुलिया-चुकिया

लिखावट

पहाड़ पर आई है
पहाड़ के लोग—
रेल से जा रहे हैं पहाड़ देखने
अच्छा, बताओ पहाड़ जहाँ स्थापित किए गए हैं
उन्हें क्या कहते हैं?

अटपटा-सा लगा सुनकर
बच्चे को समझाया कि पहाड़ अचल हैं
वे पृथ्वी के प्रथम नागरिकों में हैं
हरीतिमा को उन्होंने प्रोत्साहित किया—
नीचे से ऊपर उठने में
नदियों को जन्म दिया और
अपने झरनों से सुनाते आ रहे हैं संगीत
आदिकाल से बिना किए अँधेरे, उजाले का भेद।
कैसा मनोरम दृश्य होता है उपस्थित
जब उनके कंधे पर
बादल और पंछी एक साथ विराजते हैं—
उछाह से भरे

यह सुनकर वह हँसा
जैसे मैं पिछली शताब्दी का इनसान हूँ
धीरे से उसने कॉपी मेरे आगे बढ़ा दी
कहा, लिखकर दिखाओ, देखकर पहाड़
और मैं पहाड़ की लिखावट भूल गया।

उन्हीं जैसा कोई

(बाबा नागार्जुन, कन्हैया जी, लालधुआँ और रेणु की स्मृति में)

बाँहों में नहीं अँटता
वे जहाँ भी खड़ा होते या बैठकर बात करते
झर जाता कुछ न कुछ
उनके जाने के बाद उनका होना महसूस होता
जब नंगे खेत, नए पहनावे में दिखते
और मेरे स्वप्न गरिमा से भर जाते।

वे साधारण जन थे
असाधारण प्रतिभा लिये हुए
उनकी नज़दीकी—
तारों, तिनकों से समान थीं
लेकिन उन्होंने तिनकों के अफ़साने सुनाए
महफ़िलों में
किताबों से बाहर जो थे उनके लिए—
किताबों में जगह बनाई, जिसके हक़दार थे वे

बड़ी बात है मेरे लिए
उनके साथ मैंने कई यात्राएँ कीं
रोटियाँ खाईं एक साथ
सुख, दुःख साझा किया
लगता ही नहीं कि अभी कल ही की बात है
लगता ही नहीं वे यहाँ से चले गए बहुत दूर

जब कभी आती हैं मुश्किलें
उन्हीं जैसा कोई आकर खड़ा हो जाता है पास में
जिसे मैं नहीं जानता।

उद्घाटन

उद्घाटन समारोह चलता रहता है अहर्निश यहाँ
किरण फूटने के साथ—
अन्न घर का उद्घाटन करते हैं
मेघों से ढकी सूरतों का वन के पंछी
चट्टानें धातुओं का करती हैं
रसातल से निकलकर गन्ध—
स्वभाव का करती है उद्घाटन।

दिन के उजाले से लेकर मध्यरात्रि के पार तक
गूँजती रहती है करतल ध्वनि
इस बीच प्रिय की अगवानी में
सड़क पर जाता हूँ दौड़कर कि अचानक—
बदल जाता है परिदृश्य
हवा तेज़ हो उठती है
उद्घाटनों के पत्थर उड़ने लगते हैं रास्तों में
सिर के ऊपर उसके रोप देता हूँ बढ़कर अपने हाथ
मैं उद्घाटित नहीं करता कुछ भी
स्वतः उद्घाटित होता रहता हूँ किसी आयोजन के बिना।

सन्दूक

वह अकेली आती मगर कभी होती नहीं थी अकेली
अनेक होते थे, जिन्हें लेकर चलती थी अपनी साँसों के साथ
एक ही धमनियों की आँच से सभी लगते थे गढ़े हुए
उनमें से किसी से किसी की दर्शाई नहीं जा सकती थी—
छोटी-बड़ी विशिष्टता
न-ही अलगाया जा सकता रंगों को उनके
एक दिन से दूसरे दिन की धूप के रंगों की तरह।

वह आती हवा के झोंके-सी दिए बिना दस्तक
अपने समय से चुराकर थोड़ा समय
अक्सर उसकी बातों में ख़ाली जगहें दिखतीं
जहाँ कोई अभिव्यक्ति नहीं होती, विस्मय चिह्न के सिवाय
वह मेरे भीतर के वर्णाक्षरों को हिला देती
हम एक-दूसरे का मुँह देखने लगते—
बात करते-करते।
अचानक वह उठती, जाते-जाते
छोड़ जाती नेग-उपहार में मिले—
दुत्कारे गए शब्दों को मेरे पास
इसी तरह और भी बहुत कुछ...
इस देवना-पावना को बरसों से लौटा रहा हूँ
धिक्कार के साथ उन्हें, जिन्होंने दिया था उसे
तब भी लगता है कि
भरी की भरी है उसकी सन्दूक।

चेहराविहीन अट्टहास

हम धर्म पर हैं
रास्ता दिखाकर हमें जो जंगल को गए
वे अपने थे, उन्हें हम भूले नहीं हैं
उनकी सहिष्णुता, अहिंसा रखे हुए हैं याद
धर्म की पताका के नीचे
कुल्हाड़ियों की करते हुए पूजा
आज भी थाली में निकालकर रख देते हैं सर्व प्रथम—
किए गए बलि का अंश
हम धर्म पर हैं

नींव की ईंटें खिसकीं तो खिसकीं
दीवाल के बाहर ज़िन्दगियाँ लहूलुहान हुईं, सो हुईं
मगर हमने अपने ईश्वर को—
किसी दूसरे ईश्वर के आगे छोटा नहीं होने दिया
जो कुछ किया, ईश्वर के लिए किया
हम धर्म पर हैं

रास्ते के वृक्षों की टहनियों को झुकाकर
उतार दिया उन्हें जिसे—
वृक्षों ने चढ़ा रखा था आसमान पर
विचार ढिमला गया खाकर चोट
और उस प्रतिमा के मुँह से आवाज़ तक नहीं फूटी
जिसके बारे में कहा जाता है कि
पगडंडियों पर चलनेवाले बोलते हैं उसकी बोली

हमारे इस सत्कर्म पर
पथ-प्रदर्शकों ने हमारी पीठ ठोंकी
हम धर्म पर हैं

आती हुई चेहराविहीन आवाज़
अट्टहास में बदल जाती है देखकर मुझे
कुएँ का जल मध्यरात्रि में—
उछलता है बाहर तक।

मुखामुखी

देखकर आँखों की चमक बढ़ गई
मौन मुस्कुराया,
कोयला ढोनेवालों ने जब कढ़ाया—
साइकिल का गीत।

भूल गया जाना कहीं और
सुनता रहा एक भोर से दूसरी भोर तक
अनछुए रागों को गाते मुखामुखी

सँभाले से सँभाल नहीं सकीं पुतलियाँ—
एक बूँद
और एक बूँद से पूरी बस्ती भीग गई।

अपनापा

कोई तो है, दबे पाँव आता है कमरे में
मुझे भाषाविहीन कर उलटता रहता है—
लिखे हुए काग़ज़ों को सामने बैठकर।

मद्धिम-तेज़ होने लगती है रोशनी
जब वह मेरे शब्दों को अपनी आवाज़ देता
चहक उठता हठात्, अक्षरों को लगता चूमने
मानो पाकर अपना आत्मीय
चूम रहा हो उसकी हथेलियाँ

अक्षरों के बीच से सिर उठाकर
घूरने लगता मुझे
उस घूरने में प्रेम से भरी नाराज़गी है इतनी—
कि बुदबुदाते हुए सुनाने लगता है—
दूसरे, तीसरे के बहाने न जाने कितना कुछ

मेरे साथ रह रहे जहाँ-तहाँ से आए शब्द
एक-दूसरे को इशारा करते देखते हैं मेरे चेहरे की ओर
लगा कि—
बहुत दिनों के बाद शान्त वृक्ष की पुनई हिली
हारिल के बच्चों के पंख खुले आकाश में।

उनकी चुहल देखकर
आँखें नम हो गईं पाकर इतना अपनापा

मैं कहीं और खो गया
इस बीच मेरी बेतरतीब किताबें, कपड़े करीने से रख
वह निकल गया कुछ शब्दों के साथ।

कोई तो है, मेरे भीतर स्वप्न बुनता है
कोई तो है, दबे पाँव आता है कमरे में!

जिन्न

खुली आँखों की बँधी नज़रें देखती हैं
आसमान में पटाखों की रोशनियों की बाज़ीगरी
जादूगर काग़ज़ पर फेरता है हाथ
उस पर फैल जाती हैं ख़बरें
असामान्य को दर्शाती सामान्य
सामान्य को दर्शाती असामान्य

जादूगर उँगलियों से करता है इशारा
पीठ पीछे समुद्र में—
फेंकी जा रही बोरियों से सुनाई पड़ती है चीख
विस्मृत हुई स्मृतियाँ थामे काँच का गिलास—
अपनी नागरिकता के बच जाने का मनाती हैं ज़श्न
गाती हुई विरुदावली उच्च स्वर में

जादूगर दरअसल जादूगर नहीं कुछ और है—
जिसका भय व्याप्त है हवाओं में
जिन्हें सूझता है दूर की, वे बोलते नहीं
तमाशा रहते हैं देखते इसी तरह
जब-जब अलग-अलग नामों से निकलकर आता है—
बोतल के बाहर जिन्न।

मुस्कराता पद

भागते हुए दृश्यों की किसी पीठ से उछलकर
उसने अपनी गति और तेज़ की
आगे के दृश्यों के आगे निकलने की होड़ में
कि खनकने की कुछ आवाज़ हुई घुप्प अँधेरे में
दौड़ पड़े जुगनू घास के मैदान से झाड़ियों तक
हवाओं के पैरों की आवाज़ों के शोर में पता ही नहीं चला
दूसरे क्या बीन रहे हैं आवाज़ों के बिना।

किसी ने टोका और बुलाया अपने पास
पानी पिलाया, चलते हुए कलाई में बाँध दी घड़ी
वह उलट-पुलट देखता, सोचता रहा
आती-जाती बारिश के बीच बनारस की गलियों में
अन्ततः वह जाते-जाते लौटकर चला गया उसके पास
और बिना उसके कहे वर्षों से रेत में पड़ी उसकी डोगी
हौले से उसने उतार दी पानी में।

दिन के साथ कई दिन आते
रात के साथ कई रातें आतीं ले जाने को अपने उत्सवों में
डोगी में कभी-कभार रह जाता—
किसी का कुछ, किसी का कुछ।

मुस्करा रहा है—
चिमटा बजाते साधु की स्मृति से उतर, डोगी का कोई पद—
साधु के पीछे।

बिजली के खम्भों पर ठहरी बारिश की बूँदें
झर रही हैं दूर के कनस्तरों पर।

रास्ते के लोग

अँधेरे की कमीज़ पहने रास्ते
ज़ेब में हाथ डा़ले ढीठपन से निहारते
चढ़ते-उतरते पानी को, जो गँवा चुका है अपनी याददाश्त
और बोली
महुए के सफ़ेद फूलों को चुनती हवाएँ
बढ़ाती हाथ पानी की ओर
पेड़ भीग उठते।
धूप-छाँव के रंगों की परछाइयाँ हिलतीं
आईने में झाँकते
चेहरों की चमकने लगतीं भाव-भंगिमाएँ।

ओह, अब इनमें से किसी के पास पहलेवाला चेहरा नहीं है
कैसे उन्हें, उनके घर छोड़ने ले जाऊँ!
मेरी मुश्किल है कि अपनों से आँखें नहीं चुरा सकता
ऐसे में रास्ते से लेकर उन्हें अन्तत: अपने साथ चला आया।

आज फिर दरवाज़ा थोड़ा बड़ा हो गया
एक-एक शब्द कोने-अँतरे से निकल
बैठ गए आकर उनके पास हाथों में डाले हाथ
आज फिर...

आर्किड

आर्किड ही तो है दो पहाड़ों के बीच
उस अतल गहरी खाइयों में
ओ, पहाड़ की उस चोटी पर, उधर क़िले के माथे पर
वह आर्किड ही तो है, जिसने नहीं सुनी राजा की कोई बात
नहीं बना उसका बँधुआ, नहीं खटा बेग़ार
बेख़ौफ़ बोलता रहा ज़बर-ज़ोर के ख़िलाफ़।

अन्तिम बार जब उसे बोरे में बाँधकर
महल के परकोटे से गहरी खाइयों में फेंका गया
उसी भोर में खिला हुआ आ गया बाहर—
राजा ने देखा, चिल्लाते भागा, आर्किड, आर्किड...
ओ, पहाड़ की उस चोटी पर, उधर क़िले के माथे पर
रास्ते के मोड़ पर, वनस्पतियों के बीच।

सच मानिए कोई दैत्य नहीं, कोई तोप नहीं, कोई बम नहीं
आर्किड एक फूल था
और राजा एक फूल से डर गया।

डोको-नाम्लो[1]

घर की खूँटी पर टँगी रस्सी
तिस्ता के हाथों में आते लगती है नाचने
वही कांछा के कन्धों पर पहुँचकर—
हो जाती है डोको-नाम्लो।

तिस्ता डोको-नाम्लो को नहीं समझती डोको-नाम्लो
वह उसे हवाओं में घुमाती फाँदती रहती है पहाड़-पहाड़
फाँदते-फाँदते
कई बार फँदा देती है मवेशियों को अपने साथ
राहगीरों को फँदा देती है
माँ को फँदा देती है हँसते-हँसते

डोको-नाम्लो पर तिस्ता की उँगलियों के निशान हैं
और डोको-नाम्लो के निशान हैं—
कांछा की पीठ और कन्धों पर
दोनों मिलकर ही जाते हैं एकाकार
जब कांछा डोको को लगता है सिर के ऊपर
जाग उठता है साहस के भीतर से जाँगर
उतार-चढ़ाव की दुर्गम राहों में

बिखरे माल-असबाब के भीतर आ जाती है जान
ठिकाने पर पहुँचने को वे हो जाते हैं विकल

---

1. सामान ढोने की एक प्रकार की रस्सी जो पहाड़ों पर इस्तेमाल की जाती है।

उन्हें लगता है कि ग़ैर के मन पर बने हुए हैं बोझ
कांछा किसी को बोझ नहीं समझता
वह जिस भी सामान को अपने डोको-नाम्लो में लादता है—
करता है महसूस कि
किसी बच्चे, बुज़ुर्ग को उठाए हुए हैं घोड़त्तैयाँ।
सुबह से शाम तक
कितनी जगह से न जाने कितनी जगह उसका होता है आना-जाना
और आलमारियों, दरवाज़ों, कुर्सियों से होती है बात।
वह बात करते-करते तिस्ता में खो जाता
मन-ही-मन उसे कंघी करने लगता है, बनाने लगता है चोटी
संग उसके उछलने लगता छूने को आसमान
कि कन्धों से बिखरने लगती है चहुँओर
डोको-नाम्लो की रोशनी।

कैसे सम्भव है किसी के सपने में
दर्शक होकर उपस्थित होना!
मगर पहाड़ पर कोई ऐसा घर नहीं
जिसके थाली-गिलास उसके सपने के दृश्यों को देखकर न बज उठे हों।
बरतनों की तालियों की आवाज़
अभी तक गूँज रही है हवाओं में
मैंने यह आवाज़ सिक्किम के रास्ते में सुनी
और उसमें दर्ज कर दीं अपनी भी तालियाँ...।

उजागर

हम दूसरे हैं
वहाँ बैठी है पहली पाँति
देखने को जितने देखते हैं, उनमें से अधिकतर नहीं देखते
अपने लिए देखते हैं, उसे ख़र्च नहीं करते
बचने के लिए रखते हैं बचाकर।
साँसत में जब पड़ते हैं वे—
ग़ैर का देखने लगते हैं मुँह
ग़ैर अपने का बिना किए परवाह
अपने देखे को करते हैं उजागर
और उन्हें बचाने के लिए कुछ भी नहीं रखते हैं बचाकर।

छन्द

बूढ़ी आँखों को देख रही हैं टुकुर-टुकुर नई आँखें
उम्र को सँवारने बैठ गईं—
नई आँखों के सामने बूढ़ी आँखें
एक की मुद्राएँ, दूसरे के बोल में ले रही हैं आकार
धीरे-धीरे एक हो रही है छवि दिग्-दिगन्त में
खिड़कियाँ खुली हैं
नदी की ओर से आ रही है बारिश की बौछार

डैनों से दूरियों की थकान झाड़ते—
किसी पंछी का झर गया है एक पर
उसे उठाता हूँ, चूमते नचा देता हूँ नाचते हुए
कि आ जाते हैं छन्द में कंचनजंघा से उतरकर वाद्य वृन्द
टुकधुम, टुकधुम
टुकधुम, टुकधुम
ऐसे ही होता है चमत्कार, ऐसे ही होता है
बूढ़ी आँखों से नई आँखों के मिलते।

प्रथम बैशाख

दुनिया भर की दूरियाँ तय करके आ गया वह अपने घर
गूँजने लगे चहुँओर अलग-अलग स्वर
दुर्लभ रोमांचकारी लम्हों ने उजागर कर दिए क्षण भर में—
बिना आलोक के अनगिनत दृश्य
कहाँ आँखों से ओझल हुईं दिनों की मुखाकृतियाँ
कहाँ आती-जाती साँसों से मिट सकी उसकी गन्ध!
मुस्करा उठीं घासें, बढ़ गई नम आँखों की चमक
पालवाली नावें हिलाने लगीं हाथ
उचक-उचक कर देखने लगे घाटियों में घूमते नन्हे मेघ

ख़ुशी अँकवार में नहीं अट रही
आख़िर हो न क्यों
मुद्दतों बाद एक वृक्ष अपने पैरों से चलकर लौटा है—
प्रथम बैशाख के दिन
कोई आँधी उसे नहीं लाई है उठाकर।

दाने

खोल दी मुद्धी[1] साड़ी के खूँट की
हँसने लगा, चाहा पूछूँ क्या बाँध रखा था झूठ-मूठ
भाँप गई मानो
कहने को हुई, क्या नहीं दिखे, मुझे हैं दिख रहे
राई के दाने हैं, थे जिनके लिए, वे देखो हैं चुग रहे
कहने को हुई किन्तु कहा नहीं, खुल गया अपने आप—
परिन्दे, आकाश के मध्य लगा पल्ला।

---

1. गाँठ

रूपान्तरण

पहाड़ के पीछे के पहाड़ अपनी लालिमा लिये—
दूर बादलों में सिर उठाए दिख रहे हैं पास इतने
मानो खोलकर द्वार आ गए हों—
फलेदू, अँगीरी के लाल, नीले फूलों की घाटियों से उठकर
कभी-कभी इस तरह
घर के दरवाज़े पर हो जाते हैं पूर्वजों के दर्शन।

दीप्त है भाल उनके अपने ही उजाले से और वे
उन उजालों को बिखेरते हैं सुबह के उजाले में।
पढ़ रहा हूँ हाथ में आई जीर्ण-शीर्ण—
ताड़ पत्तों पर लिखी भानुभक्त की कविताएँ
जिसकी लिपि मैं नहीं जानता मगर वह
मेरी भाषा में रूपान्तरित होती जा रही है अपने आप
अन्न-पानी का जैसे रूपान्तरित होता है स्वाद
बिना किसी दुभाषिए के।

मैं महसूस कर रहा हूँ उन राहों को जिनकी घासें
अँधेरे से रहती हैं ढकी
और उन्हें, जो अपने ही घर में ग़ायब हो गए,
ढूँढ़े से नहीं रहे हैं मिल।

उजाले से कविताएँ करती हैं प्रार्थना
कवि को अपने में रूपान्तरित करते हुए।

स्वत: जुड़ जाते हैं हाथ
कसमसाती नदियों के बाँधों को पाकर खुला
कवि और कुछ नहीं है
अपनी कविताओं की प्रार्थना के सिवाय।

प्रथम अभिव्यक्ति

बौर की गन्ध से मह-मह कर रहा है कमरा
आम के अमोले कितने जल्दी सरेख हो गए
जुड़ा गया मन सुनकर—
उनकी प्रथम अभिव्यक्ति!
दूसरी नहीं, यही हैं—
टटके कवियों की टटकी कविताएँ।

मुखौटा

आईने में बच्चा खोजता है उन्हें
जिसमें वह देखते थे मुँह
जानते हैं बाबू, टभकती है रह-रह कर कुहनी
गिर गई थी मर्द को देखकर अचक्के में
बाबू, उसमें क्या कमी थी!
चमकता था मुखड़ा, फबती थी दाढ़ी-मूँछ
थी बड़ी-बड़ी आँखें, सुघड़ भौंहें
मुस्कुराता था कि भूख-प्यास मिट जाती थी
कितनी बार टोका, कितनी बार बरजा
मत पहनो अपने मुँह पर किसी दूसरे का मुँह
नहीं अच्छा लगता जब दूसरे के मुँह से बोलते हो तुम।
कहाँ माना, भर-भर दिन—
दुकान के सामने खड़ा रहता था पहनकर दूसरे का चेहरा

बाबू, जब देखती हूँ आप सभी को कि
उसके लिए खुरचता है दिल
दबाने से नहीं दबती है कलेजे की हूक
इन्हीं आँखों के सामने खड़े-खड़े गिर गया
खोलने से न खुला, वह वैसे ही गया—
पहने हुए मुखौटा
देख न सकी उसका चेहरा।

सबितरी की एक-एक बात आ रही है याद
ग्रीन रूम में आईने के आगे—
चेहरा बदलकर खड़ा हूँ और
लोग कह रहे हैं कि मजाल है कोई पहचान ले तुम्हें!

पास की दूरी

इस बार भी उन्होंने दिखलाया
प्रेम की तरह प्रेम
अपनेपन की तरह अपनापन
विश्वास की तरह विश्वास
इस बार भी पास में आकर बैठ गए थोड़ी देर—
आदमी की तरह आदमी होकर

मैं उन्हें देखता रहा
वे जहाँ थे वहाँ से और चले गए दूर
पास रहकर इतनी दूर पहुँच गए कि
मेरी पहुँच के बाहर था उन्हें छू पाना

इस बार भी दिखा नहीं मेरा प्रेम, प्रेम की तरह
अपनापन, अपनेपन की तरह
विश्वास, विश्वास की तरह
जैसा था वैसा ही रहा आँखों में लिये उत्सुकता
इस बार भी मैं दिखा नहीं आदमी की तरह
आदमी ही रहा
इस बार भी उनके हाथों में लिये हाथ...।

कारीगर

सुबह तुम्हारी छवि लिये हुए आती है
फहरते हैं वनस्पतियों के वस्त्र हवाओं में
रात के सोए खिल उठते हैं अपने रंगों के साथ
कानों के पास होती है फुसफुसाहट
महसूस होता है कि मेघों ने छतरी उलट—
अभी-अभी चूम लिया है मुँह तुम्हारा।

न जाने कितनी अनकही बातें
आती हैं मेरे पास दृश्यों में ऐसे ही
सभी नहीं होतीं कहने के लिए
उठाओ कलम कि भंगिमाओं में चली जाती हैं शब्दों से बचकर
फिर भी रौनक कर जाती हैं पूरे दिन को मेरे।

प्रकृति का उत्सव है यह
उसे देखने के लिए जंगल जाने की ज़रूरत नहीं
खिड़कियाँ खोलनी चाहिए
वह नहीं जिसे किसी बढ़ई ने बनाया है
बल्कि वह जिसके हैं आप कारीगर
और जिसकी दीवाल नहीं जानता कोई आपके सिवाय।

संगत

बाँसों के झुरमुटों में चिड़ियों की बढ़ गई है चहक
वे चहचहाकर
तालाब की चिड़ियों को पानी के दरवाज़े के बाहर—
आने का कर रही हैं इशारा
फिर उन राहों में लगती हैं फुदकने
जिधर से लोगों की सहजता
तनिक-सी बर्फ़ी, एक खिल्ली पान पर रीझकर लगती है नाचने—
फैलाकर अपनी बाँहें।

चिड़ियाँ इतनी रात गए उस नाच की गन्ध में
अपना आकाश खोज रही हैं
लय में गूँजता स्वर कहीं दूर, बहुत दूर से आता हुआ—
मेरे माँदल को छू रहा है
जब कोई आता है इस तरह, अपने को रोक नहीं पाता
ऐसे ही बजते-बजते, लगता हूँ अपने को बजाने—
अन्तर्भाग की कुंडी खोल जिससे कि
मैं अपने को जोड़ सकूँ उनकी इस यात्रा में।

दिखाने के लिए नहीं
कभी प्रदर्शन के लिए नहीं
जब भी किसी से हुई संगत, ऐसी ही हुई।

एकान्त

रखने को दे जाते हैं मेरे पास
न जाने कितने अपना गोपन धन
कोई समय नहीं
कभी भी कोई चला आता है मेरे एकान्त में—
मौन में लिये अपने एकान्त का कितना कुछ।

मेरे एकान्त में
दूसरे का एकान्त जब होता है मुखर
कि बोध होने लगता है—
पंछियों के बोलने से जंगल की सम्पन्नता
सुनाई पड़ने लगती है निस्तब्ध रात में
दुधमुँहे बच्चे की करधन की घंटियाँ
और बादलों को उड़ाकर ले जाती—
हवा के माथे के मुकुट की चमक
आकाश में पड़ती है दिखाई
आ जाती हैं सामने खोई हुई सूरतें एक-एक।

थोड़ा प्रेम देकर किसी को देखो
एकान्त में खुलेगा एकान्त
ऐसी ही होगी अनुभूति
कोई मुझमें ही नहीं लगा है सुरख़ाब का पर।

भाथी और हवा

तन्तु जाल में एक छोटी-सी हवा फँस गई
भाथी के बाहर निकलने को दौड़ने लगी—
भाथी के भीतर
और उसी क्रम में वह मुग्ध हो गई सुनकर
पानी में तपते लोहे के उतरने की छन्न की आवाज़।

बस, अपने भर था उजाला वहाँ—
जिसमें मैं गढ़ा जा रहा था
उसी छोटे से उजाले को लेकर बाहर निकला
तभी साथ मेरे हो गई—
भाथी के भीतर वह दौड़ती हवा।

चुप्पी की जीभ के नीचे

भीतर से बाहर की ओर
घूम रहे हैं गोल-गोल पटरी पर रखे सर-सामान
घेरकर उन्हें खड़े हैं खम्भे
हवाएँ उनके बीच से निकल उठाती जा रही हैं—
चिन्हासी चीन्हकर अपना-अपना
फिर ले उड़ती हैं अपने ठिकानों पर।

खुलकर गिरते हैं उनके सूटकेसों से अवसर
जिन्हें राहें जलाशयों में मुँह धुलते—
नि:वस्त्र वृक्षों को देख थम्हा देती है
बदल जाती है तनिक देर में उनकी मुखाकृति
उजागर हो जाता है उनका रंग-रूप।

अवसर छीनने से नहीं, देने से देखे जा सकते हैं—
देखनहार छवि
सुने जा सकते हैं एक नहीं, दो नहीं
चुप्पी की जीभ के नीचे पड़े हज़ारों शब्द।

एक जोड़ी आँख

हेरते दृश्यों में एक जोड़ी आँख
आ गई बाहर दरवाज़े पर देखकर—
तीतरों का झुंड
पुरवा हवा में खुले केश लहराने लगे—
कंधे के आगे-पीछे
कुछ दूर, कुछ पास खिसक कर उठता, बैठता रहा मन
भूली और छूटी हुई उन चीज़ों के आस-पास—
रह गई थी जो घर से निकलने, घर पहुँचने के बीच कहीं।

एक जोड़ी आँखों से हज़ार जोड़ी आँखें करती हैं बात
रुआँसी होती हैं, मुस्कुराती हैं, हो जाती हैं निःशब्द
देखने पर, दिखता नहीं कोई दूजा आस-पास...

शुभचिन्तक

रोहिंग्या नहीं, बाइली हैं सब
ट्रेन में बारहों मास इन्हीं की रहती है भीड़
फैल गए हैं पूरे शहर में मक्खियों की तरह
फैला रखी है गन्ध
शहर से भगाए जाते हैं, चले आते हैं बार-बार
कहने को है आधार कार्ड में घर-द्वार
मगर जहाँ के हैं वहाँ भी हैं बाइली।

बड़े ख़तरनाक हैं बाइली लोग
जगे रहते हैं देर तक, हमारी नींद चुरा लेते हैं
उठ जाते हैं सुबह तड़के, फूलों की ख़ुशबू चुरा लेते हैं
हमारी भाषा में घुसकर चुरा लेते हैं शब्दावली
मगर आप ऐसे नहीं हैं
बँधाते हुए मुझे ढाढ़स उन्होंने आश्वस्त किया—
घबराने की कोई बात नहीं, कुछ नहीं होगा
आपके शुभचिन्तक हैं हम!
वैसे भी आप बाइली होकर भी कहाँ लगते हैं बाइली
कहाँ मानते हैं बुरा किसी बात का
कहाँ करते हैं शिकायत कभी
उलटे जब कभी मिलते हैं, बन्द कर देते हैं—
मेरी कमीज़ के खुले बटन, ठीक कर देते हैं मेरी वर्तनी
घबराने की नहीं है कोई बात
हम शुभचिन्तक हैं आपके।

शुभचिन्तक की सुनकर बात
अपने ऐसे कई शुभचिन्तकों का आता है ख़याल
हँसी फूट पड़ती है—
छद्म और पाखंड गुस्सा ही नहीं दिलाते...।

जगन्नाथ का घोड़ा

पानी पड़ेगा
आसमान में दिख रहा है जगन्नाथ का घोड़ा

एक घोड़े को हज़ार घोड़े देख रहे हैं
हाथ जोड़ नवा रहे हैं सिर
नाच रहे हैं बजाते मृदंग, कर रहे हैं कीर्तन।

अतुल्य देश का अतुल्य है जगन्नाथ का घोड़ा
उसकी मृत्यु हुई थी खींचते हुए जगन्नाथ का रथ
शव तो मिला नहीं था भीड़ में—
किसी को मिला था एक पैर।
बाक़ी अंग के बारे में बताते हैं कि वे चले गए अन्तरिक्ष में—
होकर विशिष्ट मेघ।
मेघ घिरते हैं कि—
घोड़ों को याद आने लगता है जगन्नाथ का घोड़ा।

हज़ारों घोड़ों का आदरेषु वह जगन्नाथ का घोड़ा
जब तक रहा उनके बीच—
गोल बाँधकर जाता रहा यात्रा में
उस समय भी मन मार कर नहीं बैठा—
जब दस डग चलने पर थम जाते थे पैर।
कैसा रथ में जुते काठ के घोड़ों के साथ जाता था जुत
कितना उन काठ के घोड़ों का रखता था ख़याल!
कहता था कि—

नहीं लगाऊँगा कन्धा, होगी उनकी हँसी
लोग क्या कहेंगे मुझे
कि बिरादरी होकर भी बिरादरी का नहीं रखा ख़याल!
जिताना है,
जिताता आ रहा हूँ बरसों से हज़ारों घोड़ों के साथ मिलकर उन्हें।
आख़िर मुझे यूँ ही नहीं मिली है पदवी
यूँ ही नहीं कहा जाता मुझे—
हज़ारों घोड़ों के बीच जगन्नाथ का घोड़ा।

काठ के घोड़ों की उतारी जा रही है आरती
लगाया जा रहा है भोग
पानी पड़ेगा
आसमान में दिख रहा है जगन्नाथ का घोड़ा।

फाँस

वे ऐसे ही हैं सनई, पेटुआ
अपनी जगह से जल्दी उखड़ते ही नहीं
क्या कीजिएगा!
पानी में काट कर कुछ दिनों तक छोड़ दीजिए
फिर निकालिए, जूट की शक्ल में आएँगे नज़र
सिट्ठी टूट जाती हैं उनकी मगर—
जूट जल्दी टूटते ही नहीं
क्या कीजिएगा!
नाप में नहीं बैठते फिट
अक्सर चले जाते हैं क़द से बाहर
अपने क़द में रहते नहीं कभी
रस्सी बन जाते हैं, फाँस बन जाते हैं
और इस्पात को भी मझधार से लाते हैं खींच।
फिर भी रहते हैं झुके के झुके, नहीं लेते हैं बड़े होने का श्रेय
क्या कीजिएगा!

परथन

थोड़ा-सा है अपना बहुत कुछ के आगे
अपने थोड़े-से बन रहा है बहुत कुछ
गूँथे गए आटा के बगल में अपना थोड़ा-सा है परथन

बगल में खड़े व्यक्ति ने पूछा कि यह तुम्हारा विचार है?
मैंने कहा विचार माँ का है—
जिसे वह परथन को लोइयों में लपेट, देती है आकार
और पहली रोटी निकाल कर रख देती है बेनाम के नाम।
कोई बेनाम मेरी थाली में—
कभी-कभी सत्तू के बगल में रख जाता है प्याज।
यह सुनकर वह हैरान रहा देर तक
खोजता रहा बड़े-बड़े मॉल में जाकर परथन
और जब उसे वहाँ नहीं मिला
टोपी पर उसने तब उसका नाम लिख दिया।
जब से परथन ने यह देखा है कि—
उसकी रुक नहीं रही हँसी।

इस हँसी के साथ कितना कुछ घट रहा है।
सिर्फ़ गूँधा नहीं जा रहा आटा
बेली नहीं जा रही हैं रोटियाँ!

बुनियाने की आवाज़

आ-आकर घर के भीतर नहीं आए
दूर से ही निहारते रहे कठुआए गाछ में निकली नई पत्ती
मुस्कुराते रहे देखकर, बाहर आने की पत्तों की आतुरता।
आ-आकर दरवाज़े पर कभी नहीं दी दस्तक
बरामदे के दासे पर लालटेन की हल्की रोशनी में
हाथ बढ़ाकर वहाँ क्या-क्या खोजते रहे—
जहाँ कभी घर से छुपा कर, घर के लिए रखते थे कुछ-न-कुछ।

मैंने उन्हें कितनी आवाज़ दी
नहीं देखा मगर पीछे मुड़कर एक बार भी।
जब चले गए तब एहसास हुआ कि—
उनकी आवाज़ तो घर में ही छूट गई
बाहर से आ रही है बारिश के बुनियाने की आवाज़।

कुएँ में चाँद

सर्कस के बीच खेल में—
सुन्दरी के मुकुट से खुल कर गिर गया कुएँ में चाँद।
उसके गिरते ही काँप गया तम्बू
थम गए जहाँ के तहाँ करतब
थम गए तार पर थिरकते पैर
झाँकने लगे कुएँ में लम्बू और बौने डाल कर जाल।

सर्कस का खोखा-पेटी[1] तिर रहा है आँखों के सामने
मास्टर मोशाय काँपते हाथों से गूँथ रहे हैं—
सुन्दरी के पके केश
पुलकित हो रहे हैं करते बखान—
कि जाल ज्यों-ज्यों ऊपर उठता
साँसें होने लगतीं ऊपर-नीचे
चाँद आ-आकर रह जाता और
कुएँ से बाहर आ जाता—
कोई लड़का, कोई औरत, कोई बूढ़ा, कोई अधेड़
पचासों लोग कुएँ से निकलकर आए इस तरह।
वे पकड़ने गए थे चाँद मगर मैं ही, मैं ही—
अथाह गहरे जल में डूबकर बाहर लाया उसे।

सुनते-सुनते मास्टर मोशाय को पलटकर देखती है सुन्दरी
मानो फिर एक बार सर्कस के बीच खेल में—
सुन्दरी के मुकुट से खुलकर गिर गया कुएँ में चाँद।

---

1. जिस घेरे में सर्कस का करतब दिखाया जाता है।

माउथऑर्गन

कोई तो धरो
कोई तो बढ़ो
तट पर बैठे तुम सभी देख रहे हो मेरा मुँह
समुद्र नहीं देखा है कभी!
कब से दौड़-दौड़कर आ रही हूँ तुम्हारे पास
कोई तो मेरी सुनो, बारिश आने वाली है
और बाहर पड़ी है—
टॉलस्टॉय की अन्ना कारेनिना और गोर्की की माँ।
मुझे घर जाना है
मुझे राँधना है, कब से राँधा नहीं—
इडिअप्पम, पुट, पतरी
मोहनीअट्टम में कब से लोगों ने नहीं देखा मुझे
कबसे नाचा नहीं तिरुवादिरा के कोरस में।
मैं एक पटरी थाम्हे हुए हूँ
मेरी नाव के कई टुकड़े कर गई शैतानी ताक़त
छीन ले गई पाल और पतवार
पास में कुछ नहीं बचा माउथऑर्गन के सिवाय।

निस्तब्ध रात में सींखचे के बाहर
रह-रहकर बलसम्मा की गूँज रही है आवाज़
वार्डन शारदा सोचती है कि
आरोप बड़ा है सभी कह रहे
नहीं देंगे साथ
लेकिन यूँ ही नहीं पहुँचे होंगे भरी सभा में—

ऊँची गर्दन पर बलसम्मा के हाथ।

शारदा को नहीं आ रही है नींद
किसी भी करवट नहीं पड़ रहा है कल
वह उठकर देखती है घड़ी,
बाहर आ जाती है निकलकर

बलसम्मा को ले जाया जा रहा है
एक जगह से दूसरी जगह
दबी हुई दूब के ऊपर से पत्थर को हटाती
सैल्यूट करती है शारदा
मुस्कुराती बलसम्मा आकर बैठ जाती है—
पुलिस भान में
ज़ेब से निकालकर बजाने लगती है माउथऑर्गन
स्वर में लिये मुक्तता की रूमाल भर उम्मीद।

अनुपस्थित की उपस्थित

दृश्य में वे नहीं हैं गदाधर ठाकुर
उनकी रहन कमरे में कर रही है वास
सुबह-शाम बदली जा रही हैं बिछावन की चादरें
मसहरी उठाई, गिराई जा रही है
सिरहाने पानी रखा जा रहा है
किताबों को दिखाई जा रही है धूप।
दृश्य में कोई नहीं है
अदृश्य में रचना का दृश्य है
हाँ, उसी के सान्निध्य में बैठे हैं यहाँ कुछ लोग।
उनके मौन में
कमरे की रहन का वक्तव्य हो रहा है लिपिबद्ध।

दृश्य में कोई नहीं है
दृश्य में जो नहीं है, उसे मैं बाँचता हूँ—
अनुपस्थित की उपस्थित में उतरकर।

ताँती और डिज़ाइन

हाथ के धागे से उलझ गई बीच की उँगली
ख़ून निकल आया
मालूम हुआ बाद में जब रक्तरंजित धागा—
बुनाई में पहुँचा
और डिज़ाइन बदल गई

ताँती के भीतर धीरे-धीरे
काठ का कटोरा जिसे वह डोकवा कहता था—
लेने लगा अन्य आकार
बरसों का दाना-पानी उसमें नज़र आने लगा
मौसम की हवा बदलने की सुरसुरी उठने लगी
हथेली में छूटे हुए स्पर्श का होने लगा बोध
दूसरे की ओढ़नी ओढ़कर आ गई स्त्री आँखों के सामने
अपनी बुनावट को चीन्हकर, नहीं चीन्हा
रहने दिया, रहना चाहती थी जिस परदे में
आँखों की लाज और आँसू
दोनों को बचाकर रखा अपनी जगह
बहेतू रहा जीवन भर स्वयं
मगर स्त्री को नहीं होने दिया बहेतू
यह सोचते-सोचते उसने बुन दी पूरी चादर
पास में धरा का धरा रह गया
सेठ के डिज़ाइन का काग़ज़
आते-जाते धागों की अमूर्त छवियाँ
उभर गईं पूरे कपड़े पर

उस शाम कितना हुआ उपहास हुआ
कितनी उड़ी खिल्ली
कितना दुर्वचन सुनना पड़ा
महीने भर की मेहनत अकारथ गई
नहीं मिला धेला
तब भी उसे अफ़सोस नहीं, दुःख नहीं
बिहँसता रहा देखकर अपना डिज़ाइन
मानो उतर गया—
मन पर रखा बरसों का बोझ।

संझौती

शाम डुबकी लगाकर
रात में निकल गई दूर
गृहस्थों के घर में जल उठी संझौती
काग़ज़, कलम भर मुझे भी उससे मिल रही है रोशनी
मैं लिखे हुए को बढ़ा रहा हूँ आगे

एक कवि को और क्या चाहिए यात्रा में
दुआएँ संझौती में ऐसे ही मिलती हैं—
आसमान से नहीं टपकतीं।

कतारें और बाघ

कतार बढ़ती जा रही है
कतार देती जा रही है कतार को जन्म
खिचड़ी बँट रही है जिस कतार में—
उससे अलग है धूप की कतार
बस, थोड़ा-सा देना है टैक्स
साल भर के लिए मिल जाएगी दरवाज़े की धूप।
अगली कतार जो सबसे बड़ी दिखती है—
उसमें ऐसा कुछ नहीं देना है टेंट से निकालकर
बस, अब तक ली गई साँसों
और खाई गई रोटियों का देना है हिसाब
मिल जाएगा निःशुल्क ऑक्सीजन
मिल जाएगी प्राणवायु।

एक कतार का कार्ड
दूसरी कतार में मिल रहा है
दूसरी का तीसरी में, तीसरी का चौथी में
बस, थोड़ी दूर चलना है बाँधकर हिम्मत
बस, थोड़ी देर घट रही घटनाओं से फेर लेनी हैं आँखें
बस, थोड़ी देर दुःख को भूलकर रहना है चुप
बस, थोड़ा सुर में मिलाना है सुर कि
अगली कतार में मिल जाएगा—
अमरत्व का स्वर्ण कलश

कितना कुछ समझा रहे थे नींद में—
विज्ञापन के बाघ।
घबराहट में खुल गईं आँखें, राहत की ली साँस
फिर भी कभी-कभी
याद आते ही काँप जाती है रूह
लगता है कार्डविहीन पाकर मुझे अकेला
ऊँचे-ऊँचे टीलों पर बैठे—
सिर हिला रहे हैं सचमुच के बाघ।

आवाज़

आवाज़ कहीं दूर से आई
और आकार रुक गई मेरे पास
उस आवाज़ को खोजते दूसरे आवाज़ें आईं
वह भी रुक गईं
इस तरह कई-कई आवाज़ें आईं और—
वे रहने लगीं मेरी आवाज़ के साथ।
उस समय तक अपनी आवाज़ के बारे में पता न था
जाना तब, जब एक नाम धरकर—
उन्होंने मुझे आवाज़ दी
धीरे-धीरे आवाज़ों में दिखने लगी सुबह
उस सुबह से मिलने अक्सर—
नई-नई आवाज़ें आतीं, जो उन्हीं की तरह—
अपना रंग बिखेरती
मैं हतप्रभ रह जाता
उस समय भी जब भयावह राहों में—
काँपती आवाज़ की बगल में
सहोदरा होकर खड़ी हो जाती कोई आवाज़

यह कहते हुए अच्छा लग रहा है
रोज़ अपनी आवाज़ के साथ
जुड़ती जा रही है एक से एक आवाज़
कुछ हो, न हो
आवाज़ों की सम्पन्नता है ख़ूब।

वसन्त आ गया है
देखो, ज़रा नज़रें दौड़ाकर जंगल की ओर
एक बार किसी को आवाज़ दो, जो तुम्हें हो प्रिय।
रूप बदलती है आवाज़
ज़रूरी नहीं वह वैसी ही हो—
जिस रूप में तुम उसे सुनने को हो अभ्यस्त।

छुरपी[1]

छोटे-बड़े याक जा रहे हैं
छाँगू झील के तट से सैलानियों, बादलों को कराके सैर
दुर्गम, बर्फ़ीली पहाड़ी राहों में
पीठ पर लादे—
खिर्ची, मिर्ची, गर्म कपड़े, अमल-पानी का सामान
और भी बहुत कुछ
दस, बीस नहीं, न जाने कितने याक हैं—
जिनके गले की घंटियाँ
पहाड़ों से उतरते कल-कल करते पानी के कोरस के बीच
बज रही हैं धीमे-धीमे।

आगे वाले याक से पीछे वाला याक
बड़ा है दो साल चार दिन
उसके पीछे वाला, उसके पीछे वाला
उस, उसके पीछे वाला नान्दी की उम्र का है
वह नान्दी नहीं जो पत्थर की प्रतिमा है—
बल्कि वह, जिसकी माँ रँभाकर
उसे बुलाती है अपने पास और
अपनी उम्र उसे दे देती है थोड़ा
कितने क़रीब, कितने पास
सुन रहा हूँ उनके आने की आहट
महसूस हो रही है उसकी आँखों की नमी
छूते हुए धागे में झूलती उसके दूध की बनी छुरपी।

---

1. याक के दूध की बनी टॉफी।

समुद्र-1

रेत में उड़ते हैं
पगों से आए दूर के रज कण
थोड़ा पीछे खिसक कर बैठो
यहाँ दरवाज़े के पास नहीं
दरवाज़े के बाहर तक जाता है समुद्र
अपने अतिथियों को छोड़ने
थोड़ा पीछे खिसक कर बैठो
एक नहीं, दो नहीं, अनेक दरवाज़े हैं—
बालुका राशि में, वे दिखते नहीं अनुमान के भीगने के पूर्व
थोड़ा पीछे खिसककर बैठो
वहाँ नहीं, वहाँ लोग हैं खड़े—
अपने प्रिय का बाँधकर कक्कन
समुद्र आता है आजमाने उन्हें
धक्का पर देते धक्का, कराता है स्नान
सृष्टि के प्रथम जल के साथ।
वहाँ खेलती है अनन्त मेघों की अनन्त जल राशि
वहीं से गूँजती है आकाश में
समुद्र के पंचमुख से शंख ध्वनि।

थोड़ा पीछे खिसक कर बैठो, थोड़ा और पीछे
अपने कहे को रखकर बाहर
सुनो, समुद्र कुछ कह रहा है।

समुद्र-2

समुद्र की ओर आ रही हैं नदियाँ
रास्ते की बोलियों को बोलते
उन बोलियों में सुनता है समुद्र भगीरथ का गला
बढ़कर आगे—
नदियों को बाँहों में भरकर लगता है उछलने

बोली, बानी एक हो रही है
एक हो रहा है प्राण
समुद्र में समुद्र हो रही हैं नदियाँ।

समुद्र-3

शाम जब रेत पर अपना जादुई बक्सा लिये पहुँची
कौतूहल में थिरकने लगे पैर मन-ही-मन
बच्चे लहरों में डालने लगे रंगीन गेंद
और समुद्र उन्हें भेजने लगा वापस
पुनः उनके हाथों में।

कभी-कभी इस खेल में
खुल जाते सीपी के मुँह
मोती की चमक बाहर आ जाती
बच्चे समुद्र को छूकर भाग खड़े होते दस हाथ दूर
समुद्र पीठ पर पहुँच जाता भिगाते उन्हें
हँसने लगते बच्चे, हँसने लगता समुद्र
हँसते, हँसते दोनों भगाने लगते—
ऊँट के पीछे, मछुआरों के पीछे
शंख चुनती स्त्रियों के पीछे,
दूर-दराज़ की पगध्वनियों के पीछे
भागते-भागते
वे भागते लगते अपने पीछे, अपने को छूने
कभी जादू के अन्दर
कभी जादू के बाहर।

अदनी-सी चीज़

नहीं, नहीं कोई भय नहीं
सब कुछ शान्त है
हाट-बाज़ार, रास्ता-घाट
इक्की-दुक्की आवाज़ों का क्या
वह नगर कीर्तन में कहाँ पड़ती हैं सुनाई
नहीं, कोई भय नहीं
कोई नहीं कर पाएगा हवा ख़राब
बस तनिक-सी अदनी-सी कोई चीज़
जुगनू की रोशनी भर, वही कर रही है परेशान
नींद में पहुँचकर करती रहती है भन-भन
नहीं, नहीं कोई भय नहीं
अदनी-सी है, अदनी-सी चीज़
बशर्ते वह अदनी रहे।

घुमन्तू गोपाल

उपरा जाते हैं, साल, दो साल में घुमन्तू गोपाल
अपने मेमनों के साथ
झूलती रहती है उनके कन्धे की चादर माटी तक
उनकी छोटी, गोल आँखों में—
दिखते हैं उपग्रहों के अँधेरे-उजाले

उन्होंने मेरा परिचय
नवजात मेमनों की भूख, प्यास से कराया
यहाँ तक कि उनकी रुचियों से भी।
गोद में उठाए मेमने के बारे में बताया
इसे मेरे गीत, क़िस्से कंठस्थ हैं
उसे सुनने के लिए थोड़ी देर के लिए
इसकी भाषा को उधार लेना होता है।
चलते-चलते जब थक जाता है यह
आ जाता है बाँहों में मेरे
मेरी माँ मुझे इसी तरह उठा लेती थी गोद में
लकड़बग्घों के भय से, चुनती हुई जंगल से लकड़ियाँ
मगर यह लकड़बग्घे से नहीं डरता
लकड़बग्घे डरते हैं समूह में देखकर इसे।

इस बार जब आए हैं घुमन्तू गोपाल
उनके साथ पहले वाले मेमनों में कुछ हैं, कुछ नहीं हैं
जो नहीं हैं उनके बारे में
नए मेमनों को शायद ही मालूम हो

कुछ ऐसे मेमने भी हैं—
जिनका साक्षात्कार नहीं हुआ—
होश सँभालने के बाद अपनों से अभी
जो हैं, जो नहीं हैं उन सभी की गन्ध
घुमन्तू गोपाल की देह से आती है
वह गन्ध फैल जाती है चतुर्दिक
उनके जाने के बाद भी
बनी रहती है मौसम की बयार में।

घुमन्तू गोपाल पहचान में नहीं आ रहे
हवाओं को ओढ़े हुए हैं सिर से पैर तक
दिख नहीं रही है चादर उनकी
धान के कटे खेतों की खूँटियों में
एक-दो पंछी चल रहे हैं उनके पीछे-पीछे
पहाड़ से उतरता पानी भी चल रहा है—
बिना किए आवाज़
छोटे बच्चे की तरह उजाला भी चल रहा है
उनकी उँगली थाम्हे
इस बार जब आए घुमन्तू गोपाल
बाँझ पेड़ भी फलों से गए हैं लद।

अनावरण

वह नहीं, वह नहीं
राजा अनेक आवरणों में है
थाह नहीं चलता किधर छिपा है
उसमें वह
वह नहीं, वह नहीं

कवि की कृति का स्वयं—
कवि के हाथों होना चाहिए अनावरण
गर्भ-गृह के बाहर आकर
उसे ही दिखाना चाहिए कृति का मुख
वह ही है सम्माननीय
नहीं है मन पर उसके कोई आवरण
निःवस्त्र है कवि।

धारा-1

हमारे बीच अब भी उसी तरह है नदी
बहुतों को इसका एहसास नहीं
उनकी कल्पना के परे है यह करना विश्वास—
कि पानी के एक रेले को भेजकर आगे
बचाकर लोगों से आँखें
मुड़कर नदी आ सकती है इधर।

नदी को सिर्फ़ जल समझने वाले
ऐसे ही खा जाते हैं गच्चा—
काग़ज़ की नाव हाथों में लिये।

धारा-2

नदी की चंचल धार जब होती है शान्त
मेरी परछाईं उसमें हिलने-डुलने लगती
उसके पास इतने दिनों से उठता, बैठता आ रहा हूँ
परछाइयाँ गिनी नहीं जा सकतीं
वह कभी दिखती हैं, कभी नहीं

प्यार करते हो किसी को, बैठा करो—
थोड़ा, थोड़ा उसके पास
थोड़ा, थोड़ा जैसे मैं रोज़ नदी का होता गया
थोड़ी, थोड़ी नदी भी होती गई मेरी।

रिश्ता

यही दस-बारह वर्षों की रही होगी उम्र
जब धान की रोपनी करती औरतों द्वारा
खेतों को सुनाया गया समूह गान कानों में पड़ा
वही समूह गान यहाँ—
खेतों के साथ दफ़न है
रोटी नहीं खाई जाएगी।

उन औरतों के गान ने मेरे पैरों में थिरकन पैदा की
बारिश में भीगते निकल गया बाहर
चला गया नाचते-नाचते मछलियों के साथ।
बहते हुए पानी के पैरों की बेड़ियाँ सुनाई पड़ रही हैं—
यहाँ नाच दफ़न है
नींद नहीं आएगी।

चलो, यहाँ से चलो
बचे हुए समूह गान और नाच के बीच चलो
उसके पास भी चलो, जहाँ थका हुआ पानी—
सुस्ता रहा है किसी पोखर को देता सिंघाड़े का फल
रिश्तों के मर्म को समझो
प्याज़ के छिलके उतारोगे, आँखों से झरेगा पानी।

मेघाच्छादित आकाश

जुगनुओं से झिलमिलाता है नौका का पाल
कहीं कोई आवाज़ नहीं
है भी जो, वह नौका के चलने से हो रही है पैदा
कृष्णा मौन में अपने लेटे-लेटे
चुपचाप सुन रही है उसे
कोई नहीं है पास उसके
रह-रहकर हल्के से चादर को हटाकर
हवाएँ चूम लेती हैं—
उसके मुख, खुले केश, धूल धूसरित पैर—
हवाएँ ही हैं इस समय उसके साथ।

मेघाच्छादित आकाश में—
चमकती बिजली के साथ होती है गर्जना भयावह
काँप उठता हूँ, देखते हुए उसका अभिनय
उसके बच्चे को गोद में सँभाले।

रात है, मैं हूँ, बच्चा है
उसके हैं ढेरों शब्द
जब भी किसी से कुछ कहने को होता हूँ
उठाकर उसके ही शब्द
जोड़कर दोनों हाथ करता हूँ प्रणाम,
भर आता है गला...।

भेंटवार्ता

हाँ, यहाँ बैठो
यह कहकर मैं अन्दर चला गया
उसके लिए बनाने जगह।

कमरे की चीज़ें टहलती रहती हैं मेरे साथ
कहीं कुछ छूट जाती हैं, कहीं कुछ
ठीक करने लगा उसे
कुछ की जगह बदल दी
कुछ को कुछ से अलग किया, कुछ को किया एक साथ
कुछ को छिपाने की कोशिश की
मगर जहाँ उसे छिपाता, वहाँ से वह दिख जाता

हम तो कभी आए नहीं सामने
जब कोई घर में आता था मेहमान
घंटे, दो घंटे के लिए
हम बच्चों को छिपा दिया जाता था—
टूटे बरतनों, फटे गद्दों के साथ।
इतना छिपने छिपाने के अभ्यास के बावजूद
मुझसे एक कुरता नहीं छिपाया जा रहा है
जिसकी बाँहों पर लगी है धूल-मिट्टी
कन्धे किसी के आँसुओं से गीले हैं—
एक चित्र लिये हुए, इतने दिनों के बाद भी।

छिपाऊँ तो कहाँ छिपाऊँ उसे
मन में छिपाया नहीं जा सकता
कभी मन में कुछ छिपाया नहीं
जब भी छिपाना चाहा—
सामनेवाले का मन मिला, वह सामने आ गया

हो सकता है जिससे होनी है भेंटवार्ता
उसके मन से मिल जाए मन
इस उधेड़बुन में उसे लेकर मैं दूर निकल गया
याद नहीं रहा
जिस कुरते को छिपाना चाहता था
उसी को था पहने हुए।

कोल्हार के बाहर रसज्ञ

चहल-पहल से भरी हुई हैं आँखें
कहीं टिकती नहीं एक जगह
फसल कटते ही चले आए—
मल्लाह, गायक-वादक, नट-कंकाली
किसानों की उदारता का लेने थोड़ा अन्न

खेतों में ठुमुक-ठुमुक चलता है कोई करते घुँघरू की ध्वनि
सुना नहीं जाता पंछियों का कलरव है इतना
पेड़ों के पीछे की बावलियों में—
बारिश के पानी में बहकर आईं मछलियाँ उछलती हैं पुरसा, पुरसा
सिर के ऊपर से गुज़रते हैं—
रंगीन बादल, झुंड के झुंड
जिन्हें बैलून समझ, पकड़ने दौड़ रहे हैं बच्चे—
उघारे-पुघारे।

आओ,
सांस्कृतिक कार्यक्रमों में व्यस्त गुणीजन
इधर भी आओ कभी—
फसल के इन उत्सवी दिनों में
रंगीन बादलों के पीछे दौड़ते बच्चों को देखकर
तुम भी लगोगे उछलने, जैसे—
कोल्हार के बाहर
ओखल में बजते मूसल की ध्वनि के साथ—
उछल रहे हैं हमारे देहाती रसज्ञ।

वाक्पटुता

नींद के बाहर एक धुंध भरी दीवाल गिरती है
पखावज के बोल के साथ लोग करते हैं परिक्रमा
ओझल हुए अभागे दिनों में घुसकर—
फेंके गए हथियारों को उठाए किसकी
उदित होती है वाक्पटुता
सिर पर धारण किए शहंशाह का छत्र!
खिल उठते हैं तमाशबीन, जग जाते हैं उनके सोए सपने
घड़ी की टिकटिक हो जाती है तेज़
मेज़ों की थपथपाहट, मैदानों से तालियों की गूँज उठती है
जीत जाती है वाक्पटुता

भीड़ की हज-हज और यशोगान के बीच
वाक्पटुता का मुँह देखने की होड़ में
आस्तीन से कटी ज़ेबें बोल नहीं पातीं
एक छोटा-सा वाक्य-गिरहकट
कि लाउडस्पीकर हो जाता है तेज़
जीत जाती है वाक्पटुता

धेला ख़र्च किए बिना
सोचने, समझने के परे, जन्नत की करा देती है सैर
सचमुच, कमाल की चीज़ है वाक्पटुता।

मैना

मध्य रात्रि में फिर
पानी की टोंटी खोलकर चली गई मैना
उचट गई नींद, भीग उठा बिस्तर।
न-जाने कैसे खोल लेती है—
चोंच और पैरों से कल
न-जाने कैसे पहुँच जाती है—
बिन पते के पते पर।

जंगल से बाहर निकला नहीं
कि हो जाती हैं वे विकल
दस दिन भी नहीं रहने देती कहीं
वरन् क्या पड़ी थी—
पोखर, नदी आछत आने को यहाँ!

कोई परतीतता ही नहीं
मैंने अपनी कमीज़ खूँटी से स्वयं नहीं उतारी
बचपन का दोस्त कहता है—
झूठा-लबार
मैना ओट में छिपकर लेती है मज़ा।

पांडुलिपि

पहाड़ों की बाँहों में सोई हैं उपत्यकाएँ
आँधियाँ भी सोई हैं पास
महुए की टहनियाँ हाथों में लिये।

पहाड़ों की शाम के साथ—
गप्प करती अपनी शाम
अँधेरा घिरते उठती है
हृदय की दाह भी उठती है वाणी की ओर
सावधानी बरतता हूँ बोलने में—
जिससे कि जग न जाएँ आँधियाँ

जहाँ कहीं भी होती है टूट, चोट पहुँचती है मुझे
दूसरी नहीं, सगी से बढ़कर है दोनों शामें
अच्छा लगता है—
उन शामों को पांडुलिपि में देखना
कवि जिसको करता है प्यार—
बनाता है उसके लिए ऐसा ही घर
अपने बेघर रहकर भी।

धुले आकाश के नीचे

मुझे विश्वास नहीं हुआ
जब बताया गया कि
उनकी बातचीत का कोटा ख़त्म हो गया है
बोलने भर रह गया है बोलना

कई बार उनके साथ आते-जाते
चोर रास्तों का भी मुझे हो गया है पता
वे उन्हीं रास्तों से घर के भीतर पहुँचकर—
अक्सर बाहर लटका देते थे ताला।
मैं उनके पास उन रास्तों से नहीं
किसी तीसरे रास्ते से गया—
जिधर से शब्द बोलने के लिए उठते हैं
अपनी भाषा की तरफ से और जहाँ—
पुरानी आवाज़ें उपस्थित रहती हैं अभिभावक की तरह
जिन्हें मृत कर दिया गया है घोषित

देखकर मुझे ढेरों पंछी उड़ गए
कुछ मग्न रहे दाना चुगने में
कुछ अपलक देखते रहे
खिल गया देखकर उन्हें
और उस पेड़ को पुनः पाकर अपनी जगह
जिसे लकड़हारे उठा ले गए थे आरा मशीन पर
विश्वास था कि कोई-न-कोई जड़ उसकी—
दबी होगी मिट्टी के नीचे

धूप, बारिश, गन्ध, हवा को अपने में समेटे
एक दिन वह उठ खड़ा होगा अवश्य

पानी देखता है पहली बार जैसे पलट कर धरती का मुँह
उसी कौतूहल से उन्होंने देखा मुझे
मानो वह पोटली पहुँच गई उनके सम्मुख
बरसों से जिसका था उन्हें इन्तज़ार
खुशी चेहरे की झुर्रियों से बाहर आ गई
मैं उनकी उँगलियाँ सहलाने लगा—
अपनी हथेलियों में लेकर
उन्होंने बिना होंठ हिलाए जितना कुछ पूछा
बताता गया उसी मुद्रा में
जिससे कि शब्द—
बिना उन्हें चोट पहुँचाए उन तक पहुँच जाएँ
शायद आस-पास के लोग
नहीं पा रहे थे सुन हम दोनों की वार्ता

बातचीत के क्रम में
कँटीली झाड़ियों में उलझ गया उनका शॉल
हवा के झोंके से स्वतः छूट भी गया—
पलक झपकते
आभार व्यक्त किया उलटे मेरा उन्होंने
मैंने तो सिर्फ़ उनकी उँगली पकड़ी थी
बूँदा-बाँदी के बाद उस खुले में
जहाँ हवाएँ नए-नए पहनावे में गा रही थीं
धुले आकाश के नीचे—
उनके ही स्वर में स्वरचित गान।

दर्शक

सुदूर राहों में
चलनेवाली हवाएँ नृत्य करती हुई—
चुनती रहीं रात के आकाश से झरे कौतूहल
द्वीपों के तटों से आई हवाओं में गूँजने लगी—
स्वतः रंगध्वनि, गन्धध्वनि, स्वप्नध्वनि।

समारोह देर तक चला
भोर में लौटी नर्तकियाँ जब बदलने लगीं वस्त्र—
उन्हें आभास तक न हुआ
उनके भीतर की स्त्री जो दिखी थी उनके नृत्य में
वह बाहर छूट गई अपनी आवृत्ति में घूमती

वही विस्मृत हुई स्त्री
बग़ीचे से गुज़रती है
पेड़-पौधों की बँधी मुट्ठियों से खुल जाते हैं रंग
जिन्हें वह देखकर होती है आह्लादित
उन्हें संयमित कर फूलों में बदल देती है
जग उठते हैं सूने में पड़े मन

शायद ही किसी की उधर जाती है नज़र
बड़े-बड़े पेड़ यहाँ दर्शक हैं
हम देखते हैं जंगल।

अ

अथाह पानी में उतरकर
तुम्हारे एक इशारे पर मैंने थम्हाई तुम्हें—
बहकर दूर से आई लकड़ी की वह तख्ती
जिस पर लिखा 'अ', 'आ' मिटा नहीं था—
पानी की इतनी मार सहकर भी।

तुम मुझे सारा जीवन
पुकारती रही 'अ', 'आ' कहकर
कभी-कभी मैं अचम्भित हो जाता
'अ' के बगल में खड़ी पाई की ध्वनि सुनकर—
कुछ मिल जाता मुझे मोती जैसा
जिसे पिरोने लगता
पिरोते, पिरोते बिखर जाता वह
फिर पिरोता, फिर बिखर जाता
फिर, फिर पिरोता ही रहता
मैंने कभी कहा नहीं तुमसे
तुम्हारे पूछने पर कि—
यहाँ अकेले में बैठकर क्या कर रहे हो?

होने, नहीं होने के बीच खड़ी हो तुम
वहाँ से जब भी पुकारती हो बेर, कुबेर
किसी-न-किसी से जोड़ देती हो हर बार

जाता हूँ दौड़कर आषाढ़ की बारिश में
बैशाख की धूप में
पूस की ठंड में...

पहचान

बन्दर के पास रोटी की गठरी थी
जिसे वह राहगीर से छीनकर बैठा था थोड़ी दूर

रोटी की गठरी पाने के लिए
उसके आगे लोग फेंकने लगे गठरियाँ
गठरियों के साथ चला गया चाभियों का बटुआ
बटुआ पाने के लिए लोग बटुआ फेंकने लगे
बटुआ के साथ चल गया रुपया
रुपया पाने के लिए लोग रुपया फेंकने लगे
रुपयों के साथ चला गया ईमान
ईमान पाने के लिए लोग ईमान फेंकने लगे
ईमान के साथ चला गया व्यवहार
व्यवहार पाने के लिए लोग व्यवहार फेंकने लगे
व्यवहार के साथ चली गई भाषा
भाषा पाने के लिए लोग भाषा फेंकने लगे
भाषा के साथ चली गई पहचान।

पहचान की ढेर पर बैठा बन्दर—
पहचान में नहीं आ रहा है
लोग हतप्रभ हैं कि उसने नहीं उतारी नक़ल
नहीं फेंका उठाकर कुछ भी किसी के आगे
लोग हतप्रभ हैं
बदल दी न जाने कैसे—
आज तक जो थी बन्दरों को लेकर अवधारणा

लोग हतप्रभ हैं
उसकी हो रही है जैकार
नवा रहे हैं उसके आगे लोग शीश।

इतिहासविद् बताते हैं—
जब बनना होता है, ऐसे ही बन्दर
बन्दर से बनता है आदमी।

किसी की चाह में

आज फिर एक बच्चे के गुब्बारे का धागा बना
उसकी उँगली के इशारे पर नाचता रहा
अँधेरे में घर का पल्ला खुला
सत्तर जंगलों को करके पार—
आई फगुनी हवा
आज फिर मुग्ध होकर सुनता रहा
मन के भीतर मेघों की जुगलबन्दी

एक ज़र्रा आँखें भिगोया
फिर उड़ गया...
कुछ मुलाक़ातें याद आईं
कुछ पंक्तियाँ गुनगुनाईं
आज फिर किसी चाह में—
तीतर बना, हारिल बना, सारस बना